AF219909

Gier

ein utopischer Roman von

Karl-Heinz Haselmeyer

Inhalt

Rückbesinnung

(Originalaufzeichnung)

Aus schmerzlicher Erfahrung weiß
ich, die Gier ist eine schleichende
und völlig unterschätzte Krankheit.
Sie macht geizig und einsam. Kein
Erfolg kann sättigen, keine Habe

befriedigen. Die Gier kann sogar töten. Diese Erkenntnis kommt für mich leider zu spät, denn ist sie erst einmal chronisch geworden, helfen keine Therapie und kein Psychiater. Sie ist aber nicht angeboren. Wann sie begann von mir Besitz zu ergreifen kann ich nicht sagen, es muss sehr allmählich und unauffällig geschehen sein.

Ich muss weit zurückdenken, um erste Anzeichen dieser Krankheit in meinem Leben zu finden. In meiner Kindheit und in den ersten Schuljahren gab es nichts, was auf diese Erkrankung hinwies. Nicht einmal an viele Kinderwünsche kann ich mich erinnern, ich hatte ja alles, was ich brauchte, und zu Weihnachten und den Geburtstagen gab es oft mehr als genug, mehr als mich in der Zeit nach den Festtagen beschäftigen konnte. Wenn ich einmal etwas bedurfte, dann wurde es angeschafft und Überflüssiges wurde ausgemustert und entsorgt. Meine Eltern hätte ich gern etwas mehr für mich gehabt, aber das ist wohl ganz natürlich, aber leider waren sie meistens zu beschäftigt. An die Grundschule kann ich mich kaum noch erinnern, nur dass ich mich zeitweise langweilte und mich auf den Unterrichtsschluss freute. Dann rannte ich die breite steinerne Treppe hinunter zu dem großen schwarzen PKW, mit dem der Chauffeur meines Vaters mich an jedem Schultag abholte. An Kontakte zu Gleichaltrigen kann ich mich kaum erinnern. Ich hatte in der Grundschulzeit noch ein Kindermädchen, das mich umsorgte und nachmittags oft mit mir spazieren ging. In der späteren Schulzeit könnte es schon angefangen haben, da gab es Moden und es gab Artikel, die das Ansehen in der Gruppe steigerten, da war Besitz mit der Rangordnung verbunden. Da es mir an nichts Materiellem mangelte, wurde ich zum Trendsetter. Ich übernahm das Kommando, wurde Klassensprecher und machte mir mit Gefälligkeiten die Lehrer gefügig. Für die Lehrer wurde ich zu einem geschätzten Vorzeigeschüler, von meinen Mitschülern wurde ich teilweise anerkannt und bewundert, von einigen abgelehnt und gefürchtet. Meine Eltern sorgten sich kaum um meine Erziehung und überließen meine Betreuung zuerst dem Kindermädchen und später unserer Köchin.

Nur in einer Hinsicht war mein Vater streng, er verlangte Leistung. Ich hatte drei Nachhilfelehrer, für Latein, für Mathematik und für Naturwissenschaften. Mein Lehrer für Latein war ein kleiner älterer

Mann mit einem sehr schmalen Gesicht und einer hohen Stirn mit Glatze, er hieß Kleinich, weshalb ich ihn jedes Mal mit Herr Kleinlich anredete, was immer einen strafenden Blick hinter seiner großen Brille mit den runden getönten Gläsern auslöste. Der Mathematiker war ziemlich das Gegenteil, massig und ungepflegt, mit Bartstoppeln und langen ungewaschenen Haaren, ich nannte ihn im Geheimen „Stachelschwein", was ich aber niemals aussprach. Frau Doktor Meise war groß und knochig und hatte eine unangenehme plärrende Stimme. Allerdings konnte sie mit ihrer unsympathischen Stimme interessant und fesselnd Forschungsergebnisse und neueste Erkenntnisse aus der Wissenschaft einfach und verständlich vortragen. Sie weckte meine Liebe zu Naturwissenschaften, eine Liebe, die nie Erfüllung finden sollte. Wir sprachen über die Dimensionen des Weltalls, über ferne Sternsysteme und schwarze Löcher, über die Schwerkraft und über die Zeit. Sie erzählte mir auch von den Grenzen der Materie, von den Quanten und den Messungen in den riesigen Teilchenbeschleunigern. Sie animierte mich wissenschaftliche Texte zu lesen, die sie mir mitbrachte. Ich war Frühaufsteher und mein Tag begann im Keller, wo sich ein Raum mit den modernsten Anlagen zum Muskeltraining befand. Nach dem Sport ging ich unter die Dusche und hatte noch Zeit für ein Frühstück, das stets, von unserer Köchin vorbereitet, auf mich wartete. Danach fuhr ich mit einem schmucken Moped zur Schule. Das Mittagsessen wurde nach Schulschluss gemeinsam eingenommen, das heißt, mein Vater war meist nicht abkömmlich, und wenn mein Vater nicht da war, aßen wir in der Küche mit der Köchin zusammen. Meine Mutter arbeitete für ein Modemagazin und unser gemeinsames Mittagessen war für mich die einzige Gelegenheit sie zu Gesicht zu bekommen. Umsorgt wurde ich ab dem fünften Schuljahr von unserer Köchin. Sie war die Einzige in unserer Familie, die mir etwas Liebe und Aufmerksamkeit schenkte. Unsere Köchin, eine rundliche und fröhliche Person, stammte aus dem Erzgebirge von einer ärmlichen Bauernfamilie. Sie missbilligte unsere Lebensführung und versuchte mir etwas Halt zu geben. Ich mochte sie, aber ihre Ansichten fand ich bäuerlich und nicht zeitgerecht.

Da ich auch noch im Tennisverein war, waren meine Tage mit Schule, Nachhilfe und Sport lückenlos ausgefüllt. Man könnte denken, dass dabei kaum Platz für irgendwelche Dummheiten war, doch weit gefehlt, der Drang zum anderen Geschlecht war schon erwacht und jede freie Minute war darauf gerichtet amouröse Kontakte zu suchen und zu finden, was mir recht leichtfiel.

Das sind einsame Erinnerungen in einer aussichtslosen Situation. Jetzt, wo mir nichts mehr geblieben ist, habe ich den Abstand und sehe alles viel klarer, denn nun fehlen alles Begehren und Hoffen. Meine Zukunft ist wie eine Seifenblase zerplatzt. Wirklich sind für mich nur die Vergangenheit, meine Gedanken und der Versuch mich selbst zu verstehen. Diese Geschichte ist alles, was noch von meiner Gegenwart übriggeblieben ist. Mein Körper ist für mich schon fast verschwunden, das heißt, er ist noch da, aber ich kann ihn nicht mehr spüren und auch nicht bewegen. Nur in Gedanken spüre ich den Fleischklumpen, der einmal mein Körper war, unter der Bettdecke. Ich kann noch meine Augen bewegen und den Mund, aber aus meinem Mund kommt keine Stimme, mein Atem wird nun durch eine Kanüle in der Brust mit einer Maschine geregelt. Mein Trost ist meine rechte Hand, die ich so weit bewegen kann, dass ich die Tastatur meines Laptops bedienen kann.

Es begann in China

Diese Aufzeichnungen liegen nun schon 24 Jahre zurück, aber ich kann sie kaum noch lesen, ohne dass mich meine Emotionen übermannen. Meine Hände zittern so sehr, dass ich gezwungen bin zu unterbrechen. Ich habe mich aus allen Geschäften zurückgezogen und kann nun in aller Muße meine Lebensgeschichte schreiben, dann sind die Aufzeichnungen meines alten Laptops doch nicht ganz vergeblich gewesen. Bevor ich zu den Aufzeichnungen zurückkehre, muss ich zum Verständnis einige Erläuterungen vorausschicken.

Ein Forscherteam der Universität Tsinghua hatte durch seine Forschung über gentechnisch modifizierte Organismen Weltgeltung erlangt. Ihnen war es gelungen die natürliche Alterung von Mäusen bei gesteigerter Vitalität um mehr als das Zehnfache zu steigern. Insgeheim arbeitete man daran diese Technik auf höhere Tiere auszuweiten. Diese Versuche wurden in einer streng isolierten Abteilung unter größter Geheimhaltung durchgeführt. Ich hatte durch meinen

Nachrichtendienst von dem Fortschritt dieser Versuche erfahren. In der Hoffnung auf ein langes und gesundes Leben bestach ich mit beträchtlichen Beträgen das Forscherteam und ließ mir noch nicht an höheren Säugetieren erprobte Transgene infundieren. Als dieser Vorgang einen unerwarteten Verlauf nahm, gerieten die Forscher in Panik und verlegten mich in die benachbarte Klinik der Universität Peking, isolierten mich und veröffentlichten nur die kurze Meldung, dass der Wirtschaftsmanager Dr. Berthold Klington von einer unbekannten Krankheit befallen sei und wegen Ansteckungsgefahr isoliert werden müsse. Sein Zustand sei bedenklich und es würden zu seiner Behandlung die besten Ärzte Chinas herangezogen. So gut wie die Behandlung mit den Transgenen abgeschirmt war, so sehr war ich nun in meiner Wehrlosigkeit dem verantwortlichen Arzt ausgeliefert. Dass die chinesische Regierung zu dieser Zeit teilweise informiert war, wusste ich damals noch nicht.

Der Leidensweg

(Originalaufzeichnung)

Mein Zustand ist selbstverschuldet, es war die Gier, die mich hierhergebracht hat. Ich hatte alles, ich war auf dem Gipfel meiner Karriere, nun wollte ich auch noch fast unsterblich werden. Forscher hatten Gensequenzen isoliert, die in Tierversuchen die Lebenszeit von Versuchstieren mehr als zehnfach steigern konnten. Die Tiere blieben jung und dynamisch. Das war an niederen Tieren erprobt, aber noch an keinem Primaten ausprobiert worden. Bei Primaten würden solche Versuche viele Jahrzehnte dauern. Ich setzte meinen Einfluss und immenses Kapital ein, bestach die Forscher mit beträchtlichen Beträgen, um mir viele Jahre in jugendlicher Frische zu ermöglichen. In den Genuss dieses Menschheitstraums sollte niemand vor mir kommen. Mein Reichtum besiegte alle Bedenken der Forscher, umso mehr, da ich durchblicken ließ, dass ich bei einer Weigerung nicht zögern würde, ihre Existenz zu vernichten. Unter Geheimhaltung wurden die isolierten Genabschnitte, die das Leben verlängern sollten, mit harmlosen Viren in meine körpereigenen Zellen eingeschleust. Nach zwei Tagen begannen Krämpfe, die immer schlimmer wurden und schließlich den ganzen Körper zusammenzogen. Unter den Ärzten brach Panik aus. Sie hatten sich auf etwas eingelassen, das ihre ganze Existenz bedrohen konnte - verbotene Experimente am Menschen und gesundheitlicher Ruin einer der einflussreichsten Persönlichkeiten. Die Öffentlichkeit unterrichtete man von einer plötzlichen Erkrankung und von dem Bemühen mir alle erdenklichen Therapien zugutekommen zu lassen. Von den an mir ausgeführten genetischen Versuchen wussten nur ich und die beteiligten ärztlichen Forscher, und ich war nicht mehr in der Lage Auskünfte zu geben, und belegen konnte ich diesen Vorgang auch nicht. Durch die Krämpfe wurden die Schmerzen so extrem, dass sie von keinen Schmerzmitteln mehr unterdrückt werden konnten,

mein Schmerzgebrüll ging in Wimmern über, dann bekam ich keine Luft mehr. Zuerst wurde mir mit einer Maske Sauerstoff zugeführt. Man versuchte, wiederum mit Viren, Sonden in meine Zellen einzuschleusen, die die fremden Gene isolieren und hemmen sollten, aber mein Körper hatte die Gensequenzen umgewandelt und an verschiedenen Stellen in mein Genom eingebaut. Um mir mehr Sauerstoff zukommen zu lassen, wurde ich intubiert. Die Körperteile, in denen die Krämpfe nachließen, wurden gefühllos und erschlafften. Nun wusste man sich keinen Rat mehr und ich wurde weiter am Leben gehalten. Allmählich wurde mein gesamter Körper gefühllos.
Zwei hübsche junge Krankenschwestern kümmern sich um mich, ich werde gefüttert,

gewindelt und gesäubert. Sie umsorgen und streicheln mich, diesen Leichnam, der zu seinen Lebzeiten Frauen nur als Mittel seiner Gier betrachtete und sicher viele Frauen sehr verletzt hat. Ich kann nur versuchen zu lächeln und würde sie so gerne in Vertretung für alle Frauen um Vergebung bitten. Besonders zärtlich und einfühlsam ist eine Schwester die ich für mich selbst Susi nenne. Ich sah mehrfach, dass sie Tränen in den Augen hatte. Ich könnte über meinen Laptop kommunizieren, aber den chinesischen Krankenschwestern scheint es verboten zu sein einen Blick auf meinen Monitor zu werfen, es ist auch möglich, dass sie nur chinesische Schriftzeichen kennen. Wie es auch sei, ich finde es nicht natürlich, dass keine von beiden vor Neugierde einmal einen Blick darauf wirft. Sie schauen willentlich weg und klappen den Laptop zu, wenn sie mich behandeln. Sicher werden sie überwacht, da müssen Beobachtungskameras in meinem Zimmer angebracht sein. Ich kann meinen Kopf nicht drehen, um das Zimmer zu inspizieren. Die Verantwortlichen haben Angst, ich könnte etwas mitteilen, was niemand wissen darf, und aus Misstrauen belauern sie mich. Diese Gauner haben mich vollkommen isoliert. Sie schauen nicht einmal mehr nach, wie es mir geht, schon lange hat sich keiner der Ärzte mehr blicken lassen, ich bin völlig machtlos. Mir bleibt nicht mehr viel Zeit, denn ich fürchte, dass bald auch mein Gehirn angegriffen wird. Alles was ich noch vermag, ist vor diesem unsichtbaren Feind, der Gier, die mich in dieses Unglück stürzte, zu warnen. Aus diesem Grund schreibe ich meine

Geschichte auf, mühsam mit der einen noch beweglichen Hand.

Isolation

Da lag ich nun, der einst so mächtige Mann, der mit allen Größen internationaler Politik und Wirtschaft bekannt war, ohne mich bewegen zu können in einem isolierten Raum, der nur von zwei weiblichen Pflegekräften und gelegentlich vom Chefarzt, der auch dem Forschungsteam angehörte, betreten wurde. Ich war von meinem Wirtschaftsimperium isoliert, aber der gut organisierte Apparat lief ohne meine Weisungen in den gewohnten Gleisen. Die chinesischen Forscher gaben mir keinerlei Möglichkeiten mit der Welt dort draußen in Verbindung zu treten. Über meinen

Laptop hätte ich auch in diesem Stadium noch mit der Außenwelt kommunizieren können, aber ich bekam kein WLAN, ich konnte es nicht fordern und niemand beachtete, was ich schrieb. Sprachäußerungen waren mir durch die künstliche Beatmung genommen, mit größter Anstrengung brachte ich kleine gurgelnden Laute hervor. Ich war der Willkür ausgeliefert und bereitete mich gedanklich auf mein Ende vor. Mühsam mit der einzigen Hand, die ich noch bewegen konnte, versuchte ich die Bilanz meines Lebens in Worte zu fassen. Das kostete große Kraftanstrengung, waren doch meine Finger kaum noch beweglich.

Erinnerungen

(Originalaufzeichnung)

Ohne mich viel in der Schule
anzustrengen, bestand ich mit Hilfe
meiner drei Nachhilfelehrer mein
Abitur mit der höchsten Punktzahl.
Nun studierte ich entgegen meinen
eigenen Wünschen in München
Betriebswirtschaft, natürlich bei
einem Professor, den mein Vater sehr
gut kannte und der mir sehr
wohlgesonnen war. Lieber hätte ich
Naturwissenschaften studiert, aber
mein Vater ließ sich auf nichts ein.
Das Studium nahm nicht viel Zeit in
Anspruch. Da ich nicht ganz
ausgefüllt war, begann für mich eine

Odyssee durch die weiblichen Feuchtgebiete. Die Gier zeigte sich in Geilheit und richtete sich auf Masse statt Klasse. Nun nach Jahren kommt mir mein Verhalten vor wie eine psychische Störung. Ich zählte sogar meine Eroberungen, und sobald ich zum Erfolg kam, war mein Interesse schon erloschen.

Das änderte sich mit der Beendigung meines Studiums und ich trug Sorge mich wirtschaftlich abzusichern. Es schien mir am ratsamsten in einflussreiche Kreise einzuheiraten. Ich heiratete auch, und zwar die Tochter des Vorsitzenden im Aufsichtsrat des größten Versicherungsunternehmens. Meine Frau bewegte sich in den obersten Gesellschaftskreisen mit Sport und Partys. Ich hatte sie bei einem Tennisturnier kennengelernt. Als ein Bekannter mich auf ihre gesellschaftliche Stellung

aufmerksam machte, stand für mich
fest, eine Verbindung mit dieser Frau
konnte meinen Weg auf der
Erfolgsleiter erleichtern. Mit
Verführungstechniken war ich gut
vertraut und in wenigen Wochen
waren wir verlobt. Die Hochzeit
wurde mit großem Pomp gefeiert und
brachte mir neben einer
begehrenswerten Frau auch
interessante Bekanntschaften zu
einflussreichen Leuten. Durch
Protektion meines Vaters und meines
Schwiegervaters bekam ich einen
Posten bei der Nationalen
Zentralbank. Es hieß, ich fange von
unten an, doch in Wahrheit wurde ich
wie eine bedeutende Persönlichkeit
durch die Abteilungen geschleust,
alle bemühten sich mir die
notwendigen Kenntnisse zu
vermitteln. Schon bald bekam ich
meine erste eigenständige Abteilung.
Ich baute nun diese Abteilung aus

und steigerte vorsichtig meinen Einfluss. Gebrieft mit Interna aus dem Management der Bank durch meinen Vater und meinem Schwiegervater gewann ich eine beachtliche Machtfülle. Es war erstaunlich, alle Personen in der Führungsetage hatten Angriffsflächen, doch eine dichte Verflechtung mit Verfehlungen der anderen Führungskräfte und einflussreichen Personen aus anderen Bereichen der Wirtschaft und der Politik brachte Stabilität in das Gewebe der Macht. Man schanzte sich gegenseitig materielle Vorteile zu, gemessen an den Einflussmöglichkeiten der betreffenden Person. Die Führungskräfte der Bank genehmigten sich selbst Gehälter, die um das fünfzigfache die Gehälter der kleinen Angestellten übertrafen, und daneben noch sechsstellige Boni.

Ich fühlte mich wohl in diesem Treiben und ließ mich reichlich bedienen. Die Mittel, die mir zuflossen, benutzte ich, um mir weitere Abhängigkeiten zu verschaffen. Im Anfang war mein langfristiges Ziel die Leitung der gesamten Bank einmal zu übernehmen, jedoch je weiter ich in das Machtzentrum eindrang und Einblick in sehr riskante Geschäfte erhielt, desto stärker beschloss ich mich in einem günstigen Zeitpunkt aus der Bank zurückzuziehen. Diesen Schritt bereitete ich sorgsam vor. Lange bevor ich meinen Posten in der Bank verließ, begann ich mich an mehreren Firmen zu beteiligen und verschachtelte diese Beteiligungen zu einem undurchsichtigen Geflecht. Ich wurde Mehrheitseigner in Investitionsunternehmen, Beraterfirmen und Beteiligungsunternehmen. Ich kaufte mich in eine marktbeherrschende Waffenschmiede ein. Durch erfolgreiches Platzieren von Aktien und Anleihen kamen schnell große Summen an Fremdkapital in meine Firmengruppe, die zu einer Marktmacht heranwuchs, ohne dass ich in Verbindung mit ihr gebracht wurde. Nun wurde es Zeit die Zentralbank zu verlassen. Für weitergehende Pläne kaufte ich eine eigene kleine Privatbank, die in Liquidationsschwierigkeiten geraten war. Dieses Finanzunternehmen passte genau in mein Firmenkonglomerat. Zu dieser Zeit hatte ich mich schon längere Zeit von meiner Frau getrennt, die Ehe hielt nur ein knappes Jahr und meine Frau wurde mir ebenso wie *auch* mein Schwiegervater bei meinem Aufstieg hinderlich. Die Trennung kostete ein Gestüt mit Luxushotel in Südfrankreich.

An den verwegenen Plan, die gegründeten Wirtschaftsunternehmen in ein internationales Machtzentrum umzubauen, musste ich mit größter Vorsicht herangehen. Riskante Finanzgeschäfte und Waffenhandel brachten großen Profit, aber auch hemmungslose Gegenspieler. Mafiöse Strukturen aus Wirtschaft und Politik waren aus diesen Geschäften nicht auszuschließen. Umso wichtiger wurde ein verlässlicher Informations- und Sicherheitsdienst. Lobbyisten, von mir gut bezahlt, nahmen als Geschäftsleute getarnt Kontakt zu fremden Regierungskreisen auf. Diese Personen waren geheimdienstmäßig straff organisiert. Leute für den Personenschutz wurden als Werkspolizei und als Hausmeister getarnt. Der schwierigste Teil in dem komplizierten Gefüge bestand darin, verlässliche Leute für Leitungsfunktionen zu finden. Diese Betriebsleiter wurden von mir nur über ihren begrenzten Bereich voll informiert und hatten meine Anweisungen genauestens umzusetzen. Sie mussten natürlich für ihre Dienste königlich entlohnt werden. Ich war mit meinem Privatflugzeug viel unterwegs und traf immer geheim und ohne Öffentlichkeit die wichtigsten Leute aus Politik und Wirtschaft. Ein Großteil des weltweiten Waffenhandels lief über meine Firmen.

Das Einerlei

Bewegungslos im Bett verlor ich mein Zeit- und Selbstgefühl, kaum wusste ich noch, wer Dr. Berthold

Klington war. Die Tage waren einförmig, lang und bedrückend. Es blieben nur Körperpflege, die täglichen Fütterungen mit einer Sonde und das ermüdende Schreiben. Wenn ich erschöpft das mühsame Schreiben pausieren ließ, blieben mir nur meine quälenden Gedanken. Mit Dankbarkeit empfand ich die zarte Behandlung, die mir von meinen zwei Pflegerinnen zuteilwurde, doch meine erzwungene Passivität quälte mich gleichzeitig. Es ist so demütigend, wenn man völlig ausgeliefert ist. Man ist für andere nur ein Bündel Fleisch mit Knochen, das noch durchblutet ist, und für sich selbst nur ein Wirrwarr von Gedanken und Selbstanklagen.

(Originalaufzeichnung)

Nun kann ich meinen Arm nicht mehr selbst heben und meine Krankenschwester zieht ihn mit einer Schnur an einem Ausleger etwas an, so dass meine Finger genau über den Laptop gehalten werden. Hat diese Anstrengung überhaupt einen Sinn? Wer lässt sich schon von mir vor der Gier warnen? Falls jemand meine Aufzeichnungen lesen sollte, sind es sicher die falschen Leute, die schon zu sehr in den Klauen der Gier gefangen sind. Wenn ich noch gesund wäre, könnten da meine Einsichten helfen, mich aus der Gier zu befreien? Ich befürchte, ich würde mit dem sinnlosen Raffen weitermachen, denn das war mein

Leben. Auch früher, als ich noch
guter Gesundheit war, hatte ich oft
das Gefühl, mich unsinnig mit
Schuld zu beladen und spürte die
Leere in mir, aber ich fand keine
Alternative.

Wenn ich nicht schreibe, starre ich
auf den Bildschirm vor meinem Bett
und versuche noch etwas vom
Treiben der Welt mitzukriegen. Das
Gerät schaltet sich mit dem
künstlichen Licht ein, wenn es
dämmert. Es ist auf einen Sender in
englischer Sprache eingestellt, der
aber sichtbar in chinesischer Regie
betrieben wird. Es kommt viel
Reklame, dann schließe ich besser
die Augen, und auch Spielfilme
interessieren mich nicht. Die
Nachrichten sind dürftig und
oberflächlich. Es scheint sich kaum
etwas durch mein Ausscheiden
geändert zu haben. Die Welt dreht
sich weiter und die Gier hat andere

Opfer, die sich gegenseitig betrügen und zusammenraffen, was ihnen an ihrem Ende doch entgleitet. Ihre einzige Befriedigung ist ihre Überzeugung, dass sich ihr Ego über alle anderen erheben kann. Wie nichtig das ist! Mir scheint, die Gier hat die gesamte Menschheit im Griff. Da verfügen 2-3% der Menschen auf dieser Erde über die Hälfte aller Ressourcen, den Rest müssen sich dann alle anderen teilen. Und wie teilen die anderen? Die Ungerechtigkeit setzt sich fort bis zu den gänzlich Machtlosen. Ich selbst hatte mir ein mächtiges Stück von dem Kuchen abgeschnitten. Von Kindesbeinen an hatte ich gelernt zuzugreifen. Ich bin schuldig geworden, die Gier hat mich nur angetrieben, ich habe die Verantwortung und ich werde mich ihr stellen. Das geht allerdings nur noch in Gedanken, das hat den

Vorteil, da kann ich ehrlich sein.
Zuerst waren es nur Schiebereien mit
Finanzen, da wurden von mir nur
Besitzende ausgenommen, aber
genau genommen haben diese ihre
Verluste wieder ausgeglichen, indem
sie weiter unten zugegriffen haben.
Bei industriellen Beteiligungen muss
man, um die Gewinne zu
maximieren, die Kosten drücken.
Das gilt für den Einkauf von Energie
und Material und erst recht für
Löhne. Um gegen Konkurrenz zu
bestehen, muss man alle
Beschäftigten möglichst
kostengünstig in Abhängigkeit
halten. Den Lebensraum und die
Umwelt kann man nur
berücksichtigen, wenn sich dadurch
Kosten vermeiden lassen.
Produzieren muss man das, was der
Gier des Marktes entgegenkommt,
nicht das, was der Menschheit und
ihrem Lebensraum von Nutzen ist.

Will man bestehen, muss man sich diesen Gesetzen des Marktes beugen oder besser eigene Gesetze machen. Es lockte mich der Profit im Waffenhandel. In diesem Geschäft wird mit Leid, Zerstörung und Leichen bezahlt. Die Produktion schafft Arbeitsplätze und gesellschaftlichen Reichtum, aber die Waffen müssen verkauft werden. Diktatoren und Autokraten sind die besten Kunden, ihnen fehlt es nicht an Mitteln die Waffen zu bezahlen. Werden die Waffen dann in größeren oder kleineren Kriegen oder sogar gegen die eigene Bevölkerung eingesetzt, erfordert der Nachschub. Kriege müssen sein, damit die Waffenproduktion am Laufen gehalten werden kann. Mein Geschäft war es zwischen Produzenten und den Käufern der Waffen zu vermitteln und das Geschäft anzuheizen. Da ich gleichzeitig an der Waffenindustrie und an dem Handel mit Waffen nicht unmaßgeblich beteiligt war, erntete ich prächtige Gewinne. Bei Kriegen blieb ich neutral, pflegte den Kontakt zu beiden Seiten und belieferte sie mit modernster Ausrüstung. Das Leid, an dessen Verbreitung ich beteiligt war, ließ mich nicht kalt, mich plagten Schreckensbilder bis in den Schlaf hinein. Man kann aber aus solchen Verstrickungen nicht einfach aussteigen, das wäre ein Sprung in den Abgrund und außerdem saß die Gier in meinem Nacken. Es gibt aber auch noch einen anderen Grund, warum ich weiter machte und meinen Einfluss noch immer stärker ausdehnte. Wenn man so verdeckt arbeitet, wie ich es getan habe, sieht man die Verbrechen der Geschäftspartner und meint keine Mitschuld zu tragen, weil man ja nur profitiert an Geschäften, die auch ohnehin getätigt werden würden. Ich spielte den Pilatus und wusch meine Hände in Unschuld. Dass ich Teil der Verbrechen war, sehe ich erst jetzt, wo ich wehrlos und hilflos mein ganzes Tun wie aus der Ferne sehen kann. Wenn es so etwas wie Sünde gibt, muss ich sagen, ich habe gesündigt, an mir und an der gesamten Menschheit.

Wie eine Pandemie hat sich die Gier über den Erdball verbreitet, ansteckender als jeder Virus, das sehe ich erst, wo ich ohnmächtig und machtlos an das Bett gefesselt bin. Mein scharfer, analytischer Verstand findet die Auswirkungen, leichte und schwere Infektionen, an die ich vorher kaum einen Gedanken verschwendet hätte. Mit größter Anstrengung gelingt es mir diese milliardenfachen Erkrankungen zu beschreiben. In der großen Zahl werden die Krankheitsverläufe zur

Normalität. Ich sehe nun, dass die Gier die gesamte Menschheit bedroht und dass es noch offen ist, ob diese Krankheit zu heilen ist, oder ob der Homo sapiens in absehbarer Zeit die Erde verlassen muss. Es ist ja nicht nur die Gier; Ignoranz, Unwissenheit, Dummheit und mangelndes Zusammengehörigkeitsgefühl wirken mit und bedrohen die Existenz der Menschen. Unserer Erde kann die menschliche Gier nichts anhaben, die Erde wird sich weiterdrehen, auch wenn alles menschliche Leben ausgelöscht werden sollte. Belege für meine späte Erkenntnis gibt es so zahlreich, dass es hoffnungslos scheint, die vielen Einzelheiten zu einem Gesamtbild zusammenzufügen. Ich sehe nun sehr klar, was zur Erhaltung des menschlichen Lebens notwendig ist und was darüber hinausgeht und was die Grundmauern unserer Existenz bedroht.

Das sind Gedanken, die wären mir früher nie gekommen. Nun erscheinen mir, einzeln betrachtet, harmlose Tatbestände als Ausgangspunkte für die Bedrohung der Natur und unserer Lebensgrundlage. So werden, wie ich aus dem Fernsehen erfahren habe, zur Ernährung der Haustiere in den USA so viel Lebensmittel aufgebracht, die ausreichen würden, ganz Frankreich zu versorgen. Daraus muss ich schließen, dass ein allgemeiner Verzicht auf Haustierhaltung in der Lage wäre den Ernährungsmangel der ganzen Welt wirksam zu beheben. Wenn ich dann noch bedenke, dass 40% aller erzeugten Lebensmittel vernichtet werden, komme ich zu dem Schluss, dass alle der ca. 9 Milliarden Menschen gut zu ernähren wären und außerdem noch die Umwelt vor Ausbeutung und Bodenzerstörung bewahrt werden könnte, wenn alle Menschen sich auf den notwendigen Konsum beschränken würden. Doch es scheint mir gänzlich unwahrscheinlich, dass die Gier nach Luxus durch Mitleid zu den Unterprivilegierten dieser Erde gemildert werden könnte. Dabei verzehren die Gierigen in den wohlhabenden Staaten, zu denen ich ja auch gehörte, die Grundlagen für die gesamte Menschheit. Um den Lebensstil aller Amerikaner auf alle Menschen auszudehnen, brauchte man 5 Erden, die dann aber in absehbaren Zeiträumen auch verbraucht sein würden. Die Lebensmittelproduktion hat viele Facetten, vom gezielten Verbrennen von Getreide, um den Preis zu steigern, bis hin zur übermäßigen Fleischproduktion und wird von

Geldgier getrieben. Viele Entwicklungen verselbstständigen sich und sind nur schwer unter Kontrolle zu bringen. Wenn die Massenproduktion von Automobilen einer der wichtigsten Arbeitgeber wird, die Straßen rund um die Innenstädte mit geparkten und fahrenden Fahrzeugen verstopft sind und der Besitz eines Automobils zum Prestigeobjekt wird, ist es schwierig umzuschalten und die Entwicklung zu stoppen. Wenn immer mehr Natur mit Straßen und Bauwerken zugepflastert wird, bleibt immer weniger Lebensraum für alle Organismen, mit denen wir auf Gedeih und Verderb verbunden sind. Alle Menschen können die Bilder der nachts erleuchteten Erde auf Bildern aus dem Weltraum sehen, sie können die zerstörte Landschaft der Abbaugebiete und die riesigen Löcher der Diamantenminen und von

Grabungen nach Edelmetallen sehen, sie sehen die riesigen fast toten Flächen der Monokulturen, aber begreifen sie, was da vor sich geht, verzichten sie auf die vielen unnötigen Dinge ihres Lebens? Heute kann ich es nicht mehr begreifen, dass ich genauso blind war. Was ist es, das Menschen alles ignorieren lässt, ist es nur die Dummheit? Es ist die Gier nach so vielen unnötigen Dingen, die ihnen soziale Geltung verschaffen.

Was war es bei mir, für dumm kann ich mich nicht halten und auf soziale Geltung habe ich wohl auch keinen Wert gelegt? Bei dieser Frage setzt mein Verständnis aus. Bei vielen Leuten ist es aber wohl auch die Machtlosigkeit aus den Zwängen der Gesellschaft auszusteigen. Auch das trifft auf mich nicht zu, mir war mein Leben eine Selbstverständlichkeit, ich habe nur mich gesehen und alles, was ich noch raffen könnte. Ich besaß mehrere Villen, bewohnen konnte ich nur einen begrenzten Raum, viele der Räumlichkeiten kannte ich nicht einmal. Wenn sich jeder mit wenigen Quadratmetern als Wohnraum zufriedengeben würde, wäre das vom großen Nutzen für unsere Umwelt. Wenn soziales Gewissen viel wichtiger wäre als ein Einkommen, das den unmittelbaren Bedarf übersteigt, könnten so manche gesellschaftlichen Probleme nicht erst entstehen. Oder ist die Gier doch so mächtig, dass sie eine solche Entwicklung hintertreibt? Ich wundere mich über mich selbst, denke ich schon wie ein Sozialist? Davon abgesehen glaube ich, wenn die Menschen nicht für ihre Nachkommen umsteuern können, werden die Umstände sie dazu zwingen oder die Menschheit wird keine Zukunft haben. Die Gier nach

Macht fängt wahrscheinlich bei vielen Menschen schon im Kindergarten an. Später dann wird dieser Trieb durch soziale Einflüsse nivelliert und in ein gesellschaftliches Gefüge eingebunden. So war es wahrscheinlich auch bei mir. Stößt dieses Machtstreben an keine festen Grenzen, kann es sich verfestigen und zur Triebfeder für die Unterdrückung anderer Menschen werden. Das findet in kleinen persönlichen Bereichen bis hin zu übermächtigen Diktaturen statt. Die Machtgier kann kaum beschreibbare Brutalität hervorbringen. Sie zerreißt alle menschlichen Bande und nimmt Menschen als wertlose Verfügungsmasse. Auch bei Eitelkeiten wirkt die Gier im Hintergrund und zeigt sich als ein unstillbarer Drang nach Anerkennung.

War ich auch eitel? Mein intensives Body Building lässt das vermuten. Gemeinsam haben alle Formen der Gier, dass sie nie Sättigung finden, dass sie weitertreiben und befallende Organismen schädigen. Ich bin der beste Beweis dafür. In dem Zusammenhang kann auch die sexuelle Gier erwähnt werden, die ebenfalls Menschen missbrauchen und herabwürdigen kann. Das zeigt sich in der Prostitution und im Missbrauch von Abhängigen und Minderjährigen. Bei mir war es das hemmungslose Herumbumsen in der Jugendzeit. Oft stehen die einzelnen Formen der Gier auch miteinander in Zusammenhang und eine Form begünstigt die andere.

Endlose Tage

Wie ist mir nur gelungen mit den gelähmten Fingern so viel Text zu tippen? Es ging sehr langsam, Buchstabe für Buchstabe, aber mit der Länge der Zeit ist ein stattlicher Bericht über meinen Zustand und über die Gedanken, die mich quälten, zustande gekommen. Vieles würde ich heute nicht schreiben, doch soll es authentisch sein und ich gebe alles wieder, wie es damals getippt wurde. Ich muss gestehen, oft bin ich so ergriffen von dem Text, dass mir Tränen in die Augen treten.

Reste der Erinnerung

(Originalaufzeichnung)

Die Ärzte lassen sich nicht mehr bei mir blicken, anscheinend haben sie mich schon aus ihrem Bewusstsein verdrängt. In dieser Isolation, zu der nur zwei zuverlässige Krankenpflegerinnen Zutritt haben, bin ich für sie schon so gut wie tot. Wäre ich es doch schon, ich möchte nicht mehr dahinvegetieren. Wie sinnlos ist es, die kleinen Reste meiner vitalen Funktionen zu erhalten. Ich kann nichts tun, als auf den Tod zu warten. Trotz allem werde ich noch etwas schreiben, genau genommen ist es ja nur für mich, als Bilanz eines vergeudeten Lebens.

Der Welthandel stand unter Kontrolle der USA, da der Dollar sich als internationale Leitwährung etabliert hatte. Eine Allianz asiatischer Staaten mit Russland und dem Iran bekundete Interesse, den Dollar als Leitwährung auszuhebeln. Mit der Unterstützung dieser Staaten sollte über eine noch zu gründende Großbank eine neue internationale Leitwährung ins Leben gerufen werden. Ich war in diese Bestrebungen eingebunden. Diese Neugründung erhielt den stolzen Namen Weltbank. Der Aufsichtsrat dieser Bank wurde unter meinem Einfluss zusammengestellt und ich sicherte meine Macht. Dieser Schritt zu einer weiteren Leitwährung mündete in eine Welt-wirtschaftskrise. Ich musste nun meine Ressourcen in der westlichen Welt aufbieten, um nicht meinen Einfluss in den USA und in Europa zu verlieren. Ich hatte mich verkalkuliert. In Erwartung, dass die westliche Welt in der Währungsfrage keinen Konflikt riskieren würde, konnte ich durch Lavieren zwischen den beiden Leitwährungen mit gutem Gewinn rechnen. Da es nun aber zu einem Wirtschaftskrieg gekommen war, saß ich zwischen den Stühlen und musste Schadensbegrenzung betreiben. Ich hatte eine schlechte Phase und ausgerechnet in dieser Zeit meinte ich einen Lichtschein am Horizont zu entdecken.

Es war auf einem Bankett in Riga, eine wunderschöne junge Frau erwiderte schüchtern meinen bewundernden Blick mit einem kleinen Lächeln. Ich erkundigte mich diskret nach ihrem Namen und er- fuhr, dass sie die Tochter eines estnischen Schiffseigners war. Ich schickte ihr das schönste Blumengebinde, das ich auftreiben konnte. Ich ließ meine Verbindungen spielen, um mit ihr in persönlichen Kontakt zu treten. Wie gewohnt war alles recht einfach zu organisieren. Mein Auskunftsdienst warnte mich, die junge Schönheit stände im Verdacht Kontakte zum russischen Geheimdienst zu haben. Ich fand das nicht zu ungewöhnlich, ich hatte ja auch Kontakte dorthin. Nachdem ich einige Male die Frau ausgeführt hatte und wir uns dabei nähergekommen waren, schlenderte ich mit ihr den Strand entlang. Ich überrumpelte sie mit der Frage: „Was sind das für Kontakte zum russischen Geheimdienst?" Sie sah mich erstaunt, aber nicht erschrocken an und sagte: „Man hat mich erpresst, aber das ist Vergangenheit." Ich wollte diese Frau haben und stellte meine Vorsicht hinten an. Ich ließ mich bei ihren Eltern einführen und wir verlobten uns. Sie war einfühlsam und zärtlich, sie schien auch sehr verliebt in mich zu sein, obwohl sie kaum über 20 Jahre alt war und ich vor einem Jahr meinen sechzigsten Geburtstag gefeiert hatte. Nun, wir heirateten und das war ein weiterer Fehler von mir. In der Hochzeitsnacht war sie, als wir allein waren, plötzlich verändert. Sie ließ sich auf keinerlei Zärtlichkeiten ein und sagte, sie kenne meine Geschäfte, sie wisse genau, wer ich sei, und sie könne mich enttarnen. Sie besaß die Frechheit zu sagen, ich müsse nun zu ihren Bedingungen spielen oder es würde mich teuer zu stehen kommen. Ausgelacht habe ich sie, aber das war kein fröhliches Lachen. Wie konnte sie annehmen, ich sei so leicht erpressbar? „Wer mir schaden will, schädigt Weltkonzerne und die Regierungen vieler Länder, du findest niemanden, der dir hilft, du begibst dich leichtsinnig in große

Gefahr. Du hältst dich für sehr intelligent, aber du bist unglaublich dumm", sagte ich ihr. Ich verließ Riga und überließ alles Weitere meinen Anwälten.

Es mag sein, dass diese beiden Rückschläge mich dazu ermunterten mein Weiterleben noch mehr zu maximieren und dem Wunsch zu folgen, meine Lebenszeit zu verlängern. Wie konnte ich ahnen, dass eine Unglückssträhne so progressiv sein kann, war ich doch bisher von Erfolg zu Erfolg geeilt. Ich merke, meine Erinnerungen verblassen, mein Wille erlahmt und meine Hand wird schwer. Ich war eingedämmert, leider auch wieder erwacht. Es fällt mir immer schwerer zu schreiben, mich packt Selbstmitleid und ich möchte schreien, wenn ich das doch wenigstens könnte. Nun hat nach vielen Tagen der Chefarzt nach mir gesehen. Wie sehr ich dieses sanfte salbungsvolle Getue hasse, ich möchte ihm ins Gesicht schlagen, kann aber ohne Hilfe meine Hand nicht mehr heben. Im Geiste sehe ich meine Geldscheine, die ich ihm in seine Taschen gestopft habe. Ob auch er Momente hat, wo er hinter seine Fassade schauen kann? Wie aus weiter Ferne kommt seine sonore Stimme. „Es wird schon wieder, wir kriegen das hin." Lügner! Heuchler! Charakterschwein! Welche Erleichterung, als er wieder draußen ist.

Der Tag bringt mir aber noch mehr. Nachdem mich meine Pflegeengel trockengelegt und gefüttert haben, merke ich, dass eine Person in mein Zimmer tritt. Zu meiner Verwunderung steht ein Pfarrer vor meinem Bett. Er segnet mich und schlägt ein Kreuz. Was kann ich machen? Ich kann nur mörderischen

Gedanken freien Lauf lassen. Sie rechnen wohl mit meinem baldigen Abgang. Ich muss ein Testament schreiben, obwohl ich nicht weiß, ob sich jemand darum kümmern wird. Ich habe nur meinen Laptop, und was aus dem einmal wird, steht in den Sternen. Mitarbeiter oder meine Anwälte scheint man nicht zu mir zu lassen und ich kann sie nicht herbeordern. Hat es Sinn, meinen Nachlass zu ordnen? Wie die Heuschrecken werden sie darüber herfallen, die Gier wird reiche Beute haben. Es wäre eine Gnade für mich, könnte ich mit meinem Besitz einmal etwas Gutes schaffen.

Testament

(Originalaufzeichnung)

Also, mein letzter Wille

Alle Unterlagen und Save Codes sind
bei den Notaren Bishop & Partner
hinterlegt. Ich verfüge bei klarem
Verstand alle meine Vermögenswerte
in eine Stiftung zu überführen, deren
Aufgabe es ist, Gleichberechtigung
und Bildung in Afrika zu fördern.
Die Kontrolle über die zu bildende
Stiftung soll dem Europäischen
Parlament übertragen werden.
Dieses Testament kann aus
gesundheitlichen Gründen nicht

unterschrieben werden, aber da keine sonstigen Verfügungen vorliegen, hoffe ich, dass dieses Vermächtnis trotz mangelnder Form anerkannt wird.

Das muss genügen, mehr kann ich von hier aus nicht tun.

Ich hätte auch Mittel für die Umwelt zur Verfügung stellen können, aber ich glaube, das ist eine Gemeinschaftsaufgabe, die kann nur durch die gesamte Weltgemeinschaft gelöst werden, Kapital ist dabei eher hinderlich und geht an dem Problem vorbei. Wenn es mir gelingt, auf Wegen, die nicht in meiner Macht stehen, auf die Gefahren der menschlichen Gier aufmerksam zu machen, habe ich viel erreicht.

Der Tiefpunkt

Die Reflexionen über die Ungerechtigkeiten dieser Welt verschlimmerten meinen psychischen Zustand, ich glitt in eine tiefe Depression. Da ich mich nicht äußern konnte, wurde nicht bemerkt, dass ich nun auch an einem geistigen Endpunkt angelangt war und mich aufgegeben hatte. Mehrere Tage war ich völlig apathisch, ich versuchte nicht einmal mehr die endlosen Stunden durch Schreiben zu verkürzen. Nach einer ewig langen Woche fingen meine Gesichtsmuskeln an zu zucken. Bei gesunden Menschen wäre das sehr lästig, aber mir war es wie eine willkommene Sensation. Ich spürte die Bewegungen meiner Gesichtsmuskeln, ich fühlte einen Teil meines Körpers. Ich beobachtete die kleinsten Änderungen und war aufgeregt und glücklich, glücklich über zuckende Muskeln. Eine Unruhe ergriff mich und ich fing umso fleißiger an zu schreiben. Ich glaubte, das Schreiben falle mir leichter und meine Hand ließe sich leichter bewegen. Dann bewegte sich sogar der Arm etwas. Ich fand kaum noch Schlaf.

Nach der Unterbrechung

(Originalaufzeichnung)

In der vergangenen Woche habe ich nichts geschrieben, ich war in ein tiefes depressives Loch gefallen. Nun überfällt mich eine völlig neue Gier, die Gier nach Leben. Im Geiste gehe ich in weiten Spaziergängen durch die Landschaft, was ich bei Gesundheit kaum noch getan habe. Ich atme den Geruch der Pflanzen, spüre die Freude an der Bewegung und bin fast glücklich, bis ich die Augen aufschlage und mich im Krankenbett wiederfinde. Doch es gibt einen zaghaften Hoffnungsschimmer, ich fühle wieder.

Ein Lichtblick

Bei der Ablösung machte Schwester Susi ihre Kollegin auf leichte Veränderungen ihres Pfleglings aufmerksam. Sein Gesicht war besser durchblutet und durch seine schlaffe Muskulatur liefen Zuckungen, Schwester Susi war ganz aufgeregt

und bat ihre Kollegin gut auf diese
Anzeichen zu achten.

Leichte Besserung

(Originalaufzeichnung)

Heute geschieht etwas ganz
Seltsames, ich spüre ein Kribbeln in
den Armen, in beiden Armen, auch in
dem gefühllosen linken Arm, ich
kann links die Finger leicht bewegen.
Stundenlang habe ich mich auf
meine Arme konzentriert und
plötzlich überfällt mich bleierne
Müdigkeit. Beim Erwachen spüre ich
meinen ganzen Körper, es kribbelt
wie tausend Ameisen, die Beine
schmerzen leicht. Was sind Schmerzen? Ich spüre wieder, dass ich einen
Körper habe. Ist das eine Besserung,
oder ist es das Aufbegehren vor dem

Tode? Ich bin aufgeregt, das Blut
steigt mir in den Kopf. Die
Schwestern haben bemerkt, dass eine
Änderung in meinem Zustand
eingetreten ist und den Arzt gerufen.
Ich wurde gründlich untersucht. Die
Nerven scheinen sich zu
regenerieren, was für ein
unverhofftes Glück. Nun wird es
betriebsam in meinem Refugium,
Ärzte wechseln sich ab, ich werde
massiert, ich bekomme Elektroden
an Körper und Beinen, Blut wird
entnommen und ich werde sogar
abgeholt und in die Röhre
geschoben, um den gesamten Körper
zu scannen. Mir wird nun wieder
sehr schläfrig, kaum schaffe ich diese
wenigen Zeilen.

Reaktion der Ärzte

Mit dieser Entwicklung hatte niemand mehr gerechnet. Mit einer Mischung aus Erleichterung und wissenschaftlicher Neugier kümmerte sich nun das Forschungs-team um mich. Noch war nicht abzusehen, ob die Gefahr gebannt war, aber die Ärzte sahen die Notwendigkeit so viele Daten als nur irgend möglich zu sichern und für die Forschung zu speichern. Was für eine Rolle spielte ich dabei? Sie konnten wohl auf das Nachlassen der Bedrohung ihrer Existenz hoffen, sonst war ich für sie nur ein Objekt. Mitgefühl konnte ich von ihnen wohl kaum erwarten.

Gesundung

(Originalaufzeichnung)

Ich war so sehr müde, konnte aber vor Aufregung nicht schlafen. Was für eine Glückseligkeit mit den Fußzehen zu wackeln! Mit der linken Hand kann ich schon etwas zugreifen und zum Schreiben mit der rechten Hand muss ich die Hebevorrichtung nicht mehr benutzen, und meine Finger bewegen sich viel flotter. Es drückt mich beim Liegen, aber ich kann mich noch nicht selbstständig drehen. Seltsam, man kann Schmerzen genießen, ich merke wieder meinen ganzen Körper und bin glücklich. Kurze Zeit kann ich durch die Kanüle selbstständig atmen, bald werde ich wieder selbst meine Lunge füllen und endlich reden können. Ich fange schon an mir Gedanken über mein weltliches Imperium zu machen, ich frage mich, was ist dort geschehen, in all diesen Wochen, in denen ich untätig sein musste. Sowie diese Atmungsmaschine abgestellt ist und ich wieder sprechen kann, muss sofort mein Sekretär bei mir erscheinen, dann kann ich auch hier die Ärzte und Pflegekräfte anweisen, dann kehre ich zurück ins Leben!

Nun atme ich wieder, meine Stimme ist noch eingerostet, aber ich konnte schon meiner Pflegerin ein Kompliment machen. Ich konnte mich im Bett etwas aufrichten und habe meine Beine gesehen, zwei dürre Stöckchen, da wird es sicher etwas dauern, bis ich wieder laufen kann. Der Chefarzt kommt jetzt täglich. Als wir allein im Zimmer sind, sage ich ihm, er könne mit meiner Verschwiegenheit rechnen, seine offizielle Diagnose solle von niemandem angezweifelt werden. Ich bitte ihn aber um den Gefallen, als Dank meinen beiden Pflegerinnen je zehntausend Dollar auf meine Rechnung als Zuschlag auszuzahlen. Seine Forschungen würde ich weiterhin unterstützen.

Es geht aufwärts, ich bin den ganzen Tag mit Bewegungsübungen, Massagen und verschiedensten Untersuchungen beschäftigt. Heute kommt zu meiner Verwunderung eine andere Krankenschwester mit meinem Essen. Als ich sie frage, wo Schwester Susi und Schwester Wan seien, antwortet sie, das seien doch nur außerordentliche Pflegekräfte gewesen, sie sei an der Klinik fest angestellt und werde sich nun um mich kümmern. Ich bitte sie, dem Chefarzt auszurichten, dass ich ihn

sprechen möchte. Er erscheint erst
gegen Abend und ist erstaunt, dass
ich energisch fordere, weiterhin von
meinen bisherigen Schwestern
gepflegt zu werden. Ich nehme ihm
das Versprechen ab, dass er alles unternehmen werde, die beiden Damen
zurückzuholen. Am anderen Morgen
werde ich wieder von Susi geweckt.
Wenn ich gestützt werde, kann ich
schon wenige Schritte gehen. Vom
Gymnastikraum werde ich in ein
anderes Zimmer gebracht. Es ist ein
schön eingerichtetes Zimmer mit
zwei Sesseln, einem Tisch mit drei
Stühlen und einem Bad. Eine breite
Glastür führt zu einem kleinen
Balkon mit Aussicht auf einen Park.
Dem Bett gegenüber ist ein großer
Fernsehschirm. Nach dem
Mittagessen kommt ein Pfleger und
erklärt mir in gebrochenem Englisch
die Bedienung des Monitors. Es ist
ein Computer mit Internetanschluss

und voll sprachgesteuert. Wenn
abgeräumt ist, werde ich gleich zu
der Außenwelt Kontakt aufnehmen.

Neue Betriebsamkeit

Ich war nun derartig beschäftigt, dass
für meine Aufzeichnungen auf dem
Laptop keine Zeit mehr zur
Verfügung stand. Der erste Kontakt
galt dem Leiter meines Si-
cherheitsdienstes, den ich um
schnelles Erscheinen in der Klinik
bat, um die Räumlichkeiten in der
Klinik auf Abhörsysteme zu
überprüfen. Ich bekam auch schon in
den ersten Tagen hohen Besuch, der
chinesische Wirtschaftsminister
machte mir seine Aufwartung, um
sich von der Besserung meines
Gesundheitszustandes zu überzeugen
und mir alle Unterstützung der

Regierung zuzusichern. Auf meinem Laptop schrieb ich noch letzte Mitteilungen, danach wurde das Gerät nicht mehr benutzt.

(Originalaufzeichnung)

Ich habe meiner Pflegerin Susi (ihr richtiger Vorname ist Zu Liu) einen Heiratsantrag gemacht. Ich hatte mir das gut überlegt und nicht erwartet, dass sie ablehnen könnte. Ich hatte noch nicht ausgesprochen, da wurde Susi ganz blass und rannte aus meinem Zimmer. Ich bin verunsichert und sehr verärgert, ich bin doch schließlich nicht irgendwer. Mein Geheimdienst soll Auskünfte über sie einholen. Ich muss herausbekommen, was dahintersteckt.

Ist sie in ihrer Entscheidungsmöglichkeit eingeengt, werde ich Mittel und Wege finden mein Ziel dennoch zu erreichen.

Die letzten Wochen in China

Der herbeigerufene Sicherheitsexperte untersuchte die Räumlichkeiten sorgsam. Es stellte sich heraus, dass es nur eine Abhöreinrichtung gab, und das war ausgerechnet der von mir verwandte Laptop. Der Experte unterbrach die eingebaute Verbindung, nahm aber das Gerät zur Sicherheit mit. Dem Internetanschluss misstraute ich ebenfalls und so orderte ich den Besuch einiger meiner Mitarbeiter in der Klinik, nachdem ich sicher war, in meinem Zimmer nicht mehr abgehört zu werden. Der Leiter meines Geheimdienstes erhielt den Auftrag Nachforschungen zu tätigen, wer für die Abhöreinrichtung verantwortlich war und alle Informationen über Zu Liu zu sammeln. Es stellte sich sehr schnell heraus, dass Zu Liu kurz nach ihrem Verlassen des Krankenzimmers verhaftet worden sei und dass beide Pflegekräfte Offiziere des chinesischen Geheimdienstes gewesen seien. Ich beschwerte mich über die Botschaft der Europäischen Union bei der chinesischen Regierung. Die chinesische Regierung antwortete umgehend, von einer Abhöreinrichtung nichts zu wissen, die beiden weiblichen Armeeoffiziere wären nur zu meinem Wohlergehen und zu meiner Sicherheit abgestellt worden. Die Offizierin Zu Liu wäre nicht verhaftet worden, sondern sie habe nur um Entlassung aus dem Militärdienst gebeten.

Am nächsten Tag klopfte es vorsichtig an dem Klinikzimmer und Zu Liu betrat zaghaft den Raum. Sie bat um Entschuldigung, sie hätte doch als abkommandierter Offizier den Antrag nicht annehmen können, ebenso hätte sie sich nicht als Offizier zu erkennen geben dürfen. Sie sei nun aber frei, und wenn ich sie noch heiraten wolle, wäre sie glücklich meine Frau werden zu können. Einen kurzen Moment dachte ich an meine vergangene Pleite mit der Agentin in Litauen, dann überwältigte mich Glücksgefühl und ich schloss Zu Liu mit zärtlicher Aufwallung in die Arme.

Ein neues Kapitel

Als wir nach unserer Trauung in
unserem Domizil in der Schweiz am
Baldeggersee eintrafen sollte ein
ganz neues Leben für uns beginnen.
Ich, Dr. Berthold Klington, war
gewillt mein Leben umzukrempeln
und mit bisherigen fragwürdigen
Geschäften zu brechen. Meine junge
Frau war in eine völlig andere
Umgebung verpflanzt mit un-
fassbarem Luxus und ungewohnten
Freiheiten. Der Schweizer Dialekt
war für sie sehr ungewohnt, in China
hatte sie reines Hochdeutsch gelernt.
Im Anfang hatten wir wenig
Kontakte zu Nachbarn und Freunden,
das Haus und der angrenzende Park
waren von einer Mauer umgeben und
wurden Tag und Nacht bewacht.
Abgesehen von einem Besuch

entfernter Verwandter kamen nur Personen des öffentlichen Lebens, Politiker und Geschäftsleute. Ich hatte schon immer sehr zurückgezogen gelebt und das setzten wir nun fort.

Nach kurzer Zeit war ich aber, entgegen allen guten Vorsätzen, wieder von meinen Geschäften in Anspruch genommen und war oft abwesend. Der Haushalt und das Grundstück werden von Dienstboten versorgt. Zu Liu war seit ihrer Kindheit an Arbeit gewöhnt und schon bald fühlte sie sich unausgefüllt. Als erstes erwarb sie den deutschen Führerschein und nach bestandener Fahrprüfung fuhr sie allein. Begleitung von einem der Bodyguards, die das Grundstück bewachten, hatte sie entgegen meinen Bedenken abgelehnt, sie fuhr nach Basel und ließ sich zum Studium der Medizin einschreiben.

Das weitverzweigte Firmenimperium war sehr mit dem Waffengeschäft verflochten. Ich beabsichtigte mich vorsichtig aus diesem Geschäftszweig herauszuziehen. Das stellte sich als weitaus schwieriger heraus, als ich mir das vorgestellt hatte, die Verzahnung in meinem riesigen Firmenkonglomerat war auch für Eingeweihte schwer nachzuvollziehen. Dazu kam, dass alle Aktionen ohne Aufsehen vollzogen werden mussten. Ungewollt versank ich wieder in Arbeit. Durch meine schlimmen Erlebnisse beobachtete ich aber ängstlich meine Handlungen. Die gemachten Erfahrungen waren noch zu frisch im Gedächtnis, ich wollte unbedingt ausschließen, dass die Gier wieder von mir Besitz ergreifen könnte. Zwei neue Projekte wurden mit freiwerdendem Kapital aufgebaut, zum einen

Wassertechnologie mit Aufbereitung und Beteiligungen an kommunaler Wasserversorgung, zum anderen Energieversorgung mit einem Großprojekt in Nordafrika zur Erzeugung von Wasserstoff und eine Pipeline durch das Mittelmeer nach Europa. Die Versorgungsleitung von Wasserstoffgas wurde in Kooperation mit chinesischen Firmen ausgeführt. Für die Stromerzeugung zur Wasserstoffgewinnung mussten große Gebiete erschlossen und in Kooperation mit den dortigen Regierungen abgesichert werden. Das erforderte mein ganzes Engagement. Die instabile politische Lage im Großraum Nordafrika wurde zu einem Sorgenkind. Der Umbau der noch bestehenden Unternehmen erforderte ebenfalls vollen Einsatz, brachte mir aber im Anfang die Befriedigung aus Einsicht moralischer zu handeln.

Zu Liu genoss ihr neues Leben. Ich hatte ihr eine schöne Wohnung nicht weit von der Universität gemietet und sie ging mit Eifer daran ihr Studium zu strukturieren. Zwar fühlte sie sich, wie sie mir erzählte, zwischen den jungen Studenten, sie war schon 34 Jahre alt, wie eine Glucke zwischen Küken, doch der Umgang mit den jungen Leuten aus aller Welt stachelte ihren Ehrgeiz und Lerneifer an. Die vielen Widersprüche in ihrem Leben störten sie zunächst nicht, sie kam aus einem anderen Kulturkreis, fest eingebunden in eine geregelte Gemeinschaft und genoss nun alle denkbaren Freiheiten. Sie war kommunistisch erzogen worden und vom Marxismus überzeugt, war aber

77

mit einem der leider größten
Kapitalisten verheiratet und lebte
ohne Mangel in Luxus. Selbst die
Ehe legte ihr keine Fesseln an, wir
verbrachten viele gemeinsame
Stunden in zärtlicher Harmonie und
jeder konnte seinen Neigungen
nachgehen. Die Wochenenden
brachten wir beide meist sehr
zurückgezogen auf unserem
Grundstück am Baldeggersee zu. Zu
Liu arbeite neben ihrem Studium als
Aushilfskraft im Universitätsspital
und beteiligte sich im Zentrum für
angewandte Humantoxikologie an
einem Forschungsprojekt. Ihr
Ehrgeiz wurde von den
Kommilitonen und den Lehrenden
teilweise mit Misstrauen betrachtet,
was sie nur anstachelte. Zu Liu war
aufgefallen, dass viele maßgebliche
Lehrkräfte und Forscher sehr eng mit
der ansässigen Pharmaindustrie
zusammenarbeiteten und auch

materielle Zuwendungen annahmen. Sie beteiligte sich an einem studentischen Arbeitskreis, der sich die Aufgabe gestellt hatte, sich für die Unabhängigkeit von Forschung und Lehre einzusetzen. Es war ihr unverständlich, wie doch gut bezahlte Professoren um materieller Vorteile willen ihr moralisches Gewissen relativierten. In unseren Gesprächen versuchte ich ihr zu erklären, wie die Gier unscheinbar beginnt, um dann die Beteiligten in ihre Fangarme zu ziehen. Ich erinnerte sie daran, wie schmerzhaft meine Erfahrungen gewesen seien und dass ich mich auch noch immer gegen diesen Sog stemmen müsste. Es sei nicht so leicht zu erklären, dass es in der Wirtschaft keinen Stillstand gebe, dass man wachsen müsse, oder man verliere an Einfluss. Wachstum münde dann so leicht ins Raffen. Es könnte sein, dass es in der

Wissenschaft ähnlich sei und dass selbst Professoren immer in der Sorge lebten ihren Einfluss zu verlieren.

Ein neuer Konzern

Inzwischen hatte ich mich, wie es meine Art ist, heimlich mit verschachtelten, scheinbar unabhängigen Firmen in viele erreichbare wasserverarbeitende Betriebe eingekauft. Mein Engagement in der kommunalen Wasserversorgung durfte nicht in die Öffentlichkeit dringen, denn eine Monopolbildung in diesem sensiblen Bereich würde ein Politikum werden und meine Pläne hintertreiben. Ich arbeitete unermüdlich an vielen Fronten und bemerkte nicht, wie die Gier mittlerweile, ohne dass es mir zu Bewusstsein kam, wieder von mir Besitz ergriffen hatte. Je tiefer ich in meine Arbeit versank, desto mehr verlor ich die Erinnerung an die Gefahren von übermäßiger Gier aus dem Gedächtnis. Für den Erfolg meiner Unternehmungen opferte ich schließlich die am Tiefpunkt meines Lebens gewonnen moralischen Maßstäbe und Einsichten, ich baute meine Macht in der Wasserversorgung immer weiter aus. Ich stieß in dieser lebensnotwendigen Sparte in Größenordnungen vor, die mich fast unangreifbar machten.

Mit der afrikanischen Wasserstofferzeugung und meinem Einfluss über einen großen Teil der Wasserwirtschaft war ich zu einem wichtigen Glied in der europäischen Politik geworden. Ich arbeitete täglich über zwölf Stunden, um mein verstreutes Imperium zusammenzuhalten, auszubauen und meinen Einfluss zu sichern. Für meine Unternehmungen in Nordafrika hatte ich mich in Verstrickungen mit den übelsten Diktatoren einlassen müssen. Ich profitierte von diesen zum Teil menschenverachtenden Regimen und arbeitete ihnen zu. Der Reichtum, den in vergangenen Zeiten diesen Staaten das Erdöl gebracht hatte, wurde durch die Erzeugung von Wasserstoff abgelöst und daran war ich maßgeblich beteiligt. Ich hatte mich aus moralischen Gründen von der Produktion und dem Handel mit Kriegswaffen zurückgezogen, nun geriet ich zum Teil in das gleiche Dilemma. Die beteiligten Staaten waren untereinander teilweise verfeindet und die Machthaber der Herrscherhäuser scherten sich nicht um Menschenrechte und ihre Herrschaft basierte auf Gewalt. Das machte einen steten Ausbau meines

Machtapparates notwendig, der sich bis in die Führungsspitzen der einzelnen Nationalarmeen erstreckte. Meine alten Verbindungen zum internationalen Waffenhandel waren mir nun von großem Nutzen. Es war mir klar, in welche Gefahren ich mich damit begab, und meine größte Sorge war das Risiko, dem meine Frau dadurch ausgesetzt war, und ich ließ sie unauffällig Tag und Nacht bewachen. Das Bewusstsein der Gefahren, die durch mein Macht- streben heraufbeschworen wurden, konnte mich aber zu diesem Zeitpunkt nicht hindern den eingeschlagenen Weg fortzuführen. Die Gefahren der Gier waren vergessen, lediglich Erfolg war das Ziel.

In wenigen Tagen sollte nun das erste Wasserstoffgas in der neu gebauten Pipeline durch das Mittelmeer fließen. Die Vorbereitungen zu der feierlichen Einweihung waren im vollen Gange, ich fühlte mich nicht recht wohl, kam schnell außer Atem und hatte leichte Schmerzen im linken Arm. Es war keine Zeit für eine Pause, mein Tag war angefüllt mit Sitzungen und Beratungen. Zum ersten Mal in meinem Leben griff ich zu Medikamenten, um mich etwas aufzuputschen. Da geschah es mitten in einer Sitzung, mir wurde schwindelig, eine Schmerzwelle durchfuhr meine Brust, mir wurde schwarz vor Augen und ich brach zusammen. Ich erwachte im Krankenhaus, angeschlossen an blinkenden Apparaturen, umstanden von Ärzten. Ich hatte einen Herzinfarkt erlitten. Das brachte mich schlagartig zur Besinnung. Mit Verwunderung stellte ich fest, dass ich trotz guter Vorsätze nochmals der Verlockung der Gier zum Opfer gefallen war. Obwohl ich fast gänzlich aus der Waffenproduktion und dem Waffenhandel ausgestiegen war und meine guten Vorsätze in die Tat umgesetzt hatte, konnte ein erneuter Anfall von Gier mich dazu treiben, in wenigen Jahren meinen Anteil am Welthandel noch auszuweiten.

Nun beschloss ich, mich endgültig zur Ruhe zu setzen. Ich brachte sämtliche Beteiligungen in eine europäische Stiftung ein und zog mich gänzlich aus den Geschäften zurück. Ich hatte nun nur noch einen Wunsch, ich wollte ausruhen und in aller Ruhe meine Memoiren zu schreiben.

Mediziner

Zum ersten Mal in meinem Leben konnte ich mein Grundstück richtig genießen. Selbst das Wetter spielte mit. Morgens schwamm ich im See, frühstückte dann ausgedehnt, las im Liegestuhl in der Sonne sitzend ein Buch, um dann auch gelegentlich einige Zeilen zu schreiben. Mein Frauchen hatte mich in den ersten Wochen umsorgt, war dann zum Endspurt an die Universität zurückgekehrt und hatte mit glänzendem Examen die Approbation erhalten. Sie bekam an dem Baseler Klinikum eine Assistentenstelle zur Fachweiter-bildung in der Anästhesie. Vor meiner Erkrankung war Basel zu ihrem Lebenszentrum geworden, dort hatte sie einen großen Freundeskreis, während sie daheim am See kaum die näheren Nachbarn kannte.

Zu Liu besteht darauf, ihre Wohnung in Genf aufzugeben und die langen Fahrzeiten zum Dienst im Klinikum auf sich zu nehmen. Wir werden dann ein gastlicheres Haus führen und unser Haus mit Leben füllen. Ihre beste Freundin kommt aus Ghana, sie machten zusammen das Examen. Die Freundin heißt Abane und ihr Mann Olewule. Olewule hat eine Oberarztstelle in Zürich und kommt aus Uganda. Beide waren zu einem Wochenende zu Besuch. Wir haben uns sehr gut verstanden. Abane ist bildschön und eine intelligente und emanzipierte Persönlichkeit. Noch mehr hat mich Olewule beeindruckt. Er spricht fließend 5 Sprachen und noch dazu einige afrikanischen Dialekte. Er ist bewandert in Politik sowie Geschichte und kennt sich in der europäischen Kunst besser aus, als ich es je erreichen werde. Dann ist er noch ein ausgezeichneter Klavierspieler und erfreute uns auf dem von uns kaum benutzten Flügel mit einigen virtuosen Musikstücken.

Als die beiden Frauen abends fachsimpelten, spielte ich mit Olewule eine Partie Schach und musste in aussichtsloser Position aufgeben. Ich hoffe sehr, die beiden oft in unserem Hause begrüßen zu können. Zu Liu erzählte mir, dass beide leider nur eine begrenzte Arbeitserlaubnis hätten.

Gestern kam Zu Liu ziemlich deprimiert von ihrem Dienst heim. Ich fragte nach dem Grund und sie erzählte mir folgende Geschichte. Olewule hatte bemerkt, dass mit Spenderorganen illegal gehandelt wurde und die Chirurgen damit viel Geld verdienten. Er hatte den Klinikchef darauf angesprochen und sich damit viel Ärger eingehandelt. Der Chef drohte ihm, mit so falschen Anschuldigungen könne er ihn entlassen, und dann würde Olewule seine Arbeitserlaubnis verlieren und abgeschoben werden. Nun merkte

Olewule, dass anscheinend der Klinikchef an dem Handel beteiligt war und sich auch daran bereicherte. Die Geldgier hatte wohl in größerem Maße die ärztliche Ethik korrumpiert. Als Ausweg suchte Olewule eine freie Oberarztstelle an einer anderen Klinik, aber die begrenzte Arbeitserlaubnis engte die Auswahl sehr ein. „Das ist aber noch nicht alles", setzte Zu Liu ihren Bericht fort, „Olewule hat auf einer Tagung einen Konsul kennengelernt, der ihm angeboten hat gegen 200 000 Franken zwei Staatsbürgerschaften von Malta zu besorgen. Dann wäre er europäischer Staatsbürger und könne in ganz Europa arbeiten. Da beide in fester Anstellung sind, bekamen sie einen   Bankenkredit. Sie haben das Geld überwiesen und dann gewartet. Bei einer Nachfrage war die Anschrift nicht mehr existent und das Bankkonto war aufgelöst. Olewule ist auf einen Betrüger reingefallen, nun ist für die beiden alles ausweglos." Zu Liu hatte Tränen in den Augen und ich musste sie trösten. Für die Auffindung des sogenannten Konsuls hätte ich doch noch Verbindungen zu Spezialisten für Nachforschungen und das Geld würden diese Leute wohl wieder eintreiben können. Sie könne ganz beruhigt sein, Geld wäre sicher kein Problem. Außerdem sicherte ich ihr zu, dass es mir gelingen werde, die Arbeitserlaubnis für beide in unbefristete Verträge umwandeln zu lassen. Nach 10 Jahren könnten die beiden dann einen Antrag auf Einbürgerung stellen. Es ist doch gut, wenn man die Möglichkeit hat, alte Geschäftsverbindungen zu reaktivieren. In recht kurzer Zeit war dann diese Angelegenheit ohne viel Aufhebens geregelt. Mit diesen beiden farbigen Ärzten verbindet uns eine tiefe Freundschaft.

Ehrgeiz

In meiner friedlichen Ruhe, fern von allen Zwängen, beschäftigt mich noch oft das Problem der Gier. Meine liebe Frau ist sehr ehrgeizig, sie füllt ihren Beruf mit sehr viel Hingabe. Ich bin auch ehrgeizig, aber da gibt es einen wichtigen Unterschied. Mein Ehrgeiz ist Egoismus, er ist auf mich gerichtet, ich will haben, ergreifen, erraffen. Das treibt mich an, auch wenn es nicht gewollt und reflektiert geschieht. Bei Zu Liu ist es nach außen gerichtet, sie will helfen, sie will die Welt besser machen, sie arbeitet für andere. Sie scheint immun gegen die Gier, während ich allem Anschein nach sehr anfällig dafür bin. Zu Liu ist anscheinend gegen die Gier resistent. Sie liebt Menschen, sie liebt das Leben und sie liebt mich. Sollte Liebe das Gegenmittel zur Gier sein?

Weitere Bücher von Karl-Heinz Haselmeyer

Besuchen Sie meine Homepage

karl-heinz-haselmeyer.eu

Von Karl-Heinz Haselmeyer sind bisher bei Amazon erschienen:

Elitefrauen

Der Roman befasst sich mit dem Phänomen der Zeit verpackt in eine spannende Geschichte. Ein Team von Astronautinnen bricht zu einer Reise ins Universum auf, bei der laut Plan erst die nächste Generation die Erde wieder erreichen kann. Unerklärliche Zeitphänomene ändern alle Reisepläne. Als das ursprüngliche Frauenteam, kaum gealtert, wieder zur Erde zurückkehrt, sind Jahrhunderte vergangen und die Menschheit befindet sich durch technische Verselbstständigung im Niedergang. Durch den Einsatz der Frauen können die Gefahren, die der Menschheit drohen, abgewendet werden.

Das Fenster zur Evolution

Abenteuer in einer unberührten Natur.
Nach einer Umweltkatastrophe existieren
die Überlebenden in isolierten Städten und
werden kybernetisch mental reguliert. Die
Umwelt ist für Menschen tabu. Zur
Vorbereitung einer Raumfahrt wird eine
Versuchsperson ungeregelt in die Tabu-
zone gesandt, macht Erfahrungen mit der
für ihn neuen Selbstständigkeit und erlebt
die von Menschen verschonte Natur. Er
muss sich mit wilden Tieren und den
Naturgewalten auseinandersetzen und
lernt andere Lebensformen sowie Affen
kennen, dich sich unabhängig von den
Menschen weiterentwickelt haben.

Uropageschichten

Der Urgroßvater erzählt seinen Enkeln
von seiner Kindheit und Jugend in der
Kriegs- und Nachkriegszeit in Göttingen.
Ein warmherziges Jugendbuch, das auch
für Erwachsene interessant ist.

Symbiose

In der Gesellschaft nimmt die Tendenz zur Selbstoptimierung zu. Was hat das für Auswirkungen auf die Persönlichkeit und die menschlichen Beziehungen, wenn ein Mensch durch die Symbiose mit technischen Objekten eine enorme Gedächtniskapazität und eine hervorragende Denkfähigkeit bekommt? In diesem Science Fiction setzt sich Karl-Heinz Haselmeyer kritisch mit den wachsenden Möglichkeiten der Medizin auseinander.

Terroristen

Was wäre, wenn es einer Terrororganistion gelänge, die Herrschaft über den Erdball zu erringen? Könnte man dann dem Ideal der Gewaltlosigkeit treu bleiben oder wäre es nicht Pflicht, sich mit allen Mitteln zu wehren?

Ein junger Gotteskrieger bereist die Erde auf der Suche nach Naturschönheiten und kommt dabei mit den unterdrückten Menschen in Berührung. Er verliebt sich in eine Wildhüterin im Yellowstone Park. Als er erfährt, dass der Beherrscher der

Erde eine vernichtende Eruption im Park
auslösen und damit wohl alle Bewohner
des gesamten Kontinents vernichten will,
kämpft er gemeinsam mit den Bewohnern
für ihre Rettung auch um den Preis der
eigenen Vernichtung.

Der verbotene Planet

Expeditionen zu einem erdähnlichen
Planeten scheiterten unter seltsamen
Umständen und endeten in einer Katastrophe. Der Planet wurde unter
Quarantäne gestellt und jegliche Landung
verboten. Die Besatzung eines havarierten
Raumschiffes muss auf diesem Planeten
notlanden. Die Überlebenden werden von
einem Raumkreuzer gerettet. Das
Rettungsraumschiff gerät anschließend
insbesondere durch eine mysteriöse
Krankheit in Schwierigkeiten. Unter
großen Verlusten kann das Geheimnis des
verbotenen Planeten geklärt werden.

Interaktiv

Ein Fachmann der „Künstlichen Intelligenz" schildert den Versuch, der Leistung des menschlichen Gehirns nahe zu kommen, und erzählt von den damit verbundenen Problemen. Im Zwiegespräch mit der geschaffenen Apparatur werden wissenschaftliche Themen aus der Teilchenphysik und der Kosmologie sowie zivilisatorische Entwicklungen angesprochen. In kurzer Zeit ist der Rechner seinen Schöpfern überlegen, kann von ihnen nicht mehr kontrolliert werden und geht eigene Wege, was seinen Betreuer in große Schwierigkeiten bringt.

Eisige Höhen

Bei einer unheimlichen Begegnung wird ein normaler Bürger durch Drogen aus seinem einfachen Leben gerissen. Er wird ein gefühlloser Karrierist, dem ein schneller Aufstieg in der politischen Gesellschaft vorgezeichnet ist. Zu spät merkt er, dass er ein machtloses Werkzeug in den Händen einer Verschwörung ist.

Vorsichtig versucht er sich daraus zu befreien. Als die Verschwörung aufgedeckt wird, gilt er zunächst als Hauptverdächtiger, wird aber teilweise rehabilitiert. Was bleibt, sind Scham und Sehnsucht nach seinem einfachen Leben.

Homunkulus

Die alte Geschichte des synthetischen Menschen wird unter modernen Aspekten aufbereitet. Im Vordergrund stehen die Fragen: Was ist Leben und wie ist ein Bewusstsein mit der Erkenntnis und der Intelligenz verknüpft, aber auch, welchen Platz haben Gefühle in diesem Zusammenhang? Fragen, die sich bei weiterem Fortschritt der IT-Forschung wohl einmal stellen könnten. Das geschaffene technische Wesen ist nach kurzer Entwicklungszeit seinen Schöpfern intellektuell überlegen und entgegen allen Erwartungen entsteht eine wechselseitige enge gefühlsmäßige Bindung.

Genderfrei

Nur wenige Menschen konnten einer irdischen Katastrophe entfliehen und leben in einer Höhle hundert Meter unter der Mondoberfläche. Sie suchen einen Neuanfang, ohne in die verhängnisvollen Fehler der Vergangenheit zurückzufallen, die fast zur Vernichtung der Menschheit geführt hatten. Da Sprache das Bewusstsein formt, sollen alle Diskriminierungen im Sprachgebrauch abgeschafft werden. In genderfreier Sprache werden die Nöte und Zwänge der Überlebenden geschildert, denen nur ein Ausweg bleibt, sie müssen versuchen die zerstörte Erde neu zu besiedeln.

Habilitation

In Form einer wissenschaftlichen Habilitationsarbeit wird geschildert, wie nach einer Klimakatastrophe die Manipulationen an der Keimbahn von Menschen mit dem Ziel einer höheren Hitzetoleranz zu einer neuen Spezies führten. Die gezüchteten Thermophilen vermehrten sich stark und es entstanden

Probleme des Zusammenlebens. Nach Versuchen, die Venusatmosphäre zu reinigen und die Temperatur dort zu senken, wurden die Thermophilen ausgesiedelt.

Kontakt

Auf der Suche nach außerirdischem Leben stoßen Wissenschaftler auf Signale, die sich von natürlichen abgrenzen lassen. Versuche, diese Signale zu entschlüsseln, scheitern. Ähnlichkeiten mit dem genetischen Code bringen Forscher dazu, die Signale biochemisch in Materie zu überführen. Diese Versuche münden in eine Katastrophe und müssen gewaltsam beendet werden.

Thomas

Die Innen- und Außenwelt eines kritischen Realisten wird gespiegelt in einem Zeitraum von achtzig Jahren. Das Symbol der geistigen Auseinandersetzung ist der

„ungläubige Thomas". Zeitgeschehen, Geschichte und Reflexionen wechseln in bunter Folge. Eine sehr persönliche Geschichte.

Bildet Sprache Bewusstsein?

Die künstliche Nachbildung eines neuronalen Cortex ist ein Quantensprung in der digitalen Datenverarbeitung. Damit taucht die Frage auf: kann sich in einem elektronischen Schaltkreis Bewusstsein entwickeln? Eine Arbeitsgruppe in dem Forschungszentrum geht dieser Frage nach. Der Satz: Sprache prägt das Bewusstsein erweist sich als eine falsche Fährte.

Geschenkte Gedanken

Ein Studium an einer Eliteuniversität in den USA und ein Großvater, der die weltanschaulichen Gespräche mit seinem Enkel vermisst und ihm seine Gedanken per E-Mail weiterhin mitteilt. Der Student aus Deutschland findet die Frau seines Lebens und einen guten Freund, aber mit seinem Großvater bleibt er auch in der Ferne eng verbunden.